바람에 기대어

바람에 기대어

펴낸날   초판 1쇄 2024년 6월 15일

지은이   정수경
펴낸이   서용순
펴낸곳   이지출판

출판등록   1997년 9월 10일
등록번호   제300-2005-156호
주소   03131 서울시 종로구 율곡로6길 36 월드오피스텔 903호
대표전화   02-743-7661
팩스   02-743-7621
이메일   easy7661@naver.com
인쇄   ICAN
물류   (주)비앤북스

값 12,000원

ISBN 979-11-5555-225-4 03810

※ 잘못 만들어진 책은 교환해 드립니다.

정수경 시집

바람에 기대어

설렘과
두려움으로

이지출판

시인의 말

살면서 무엇인가 하나쯤 이루고 싶었다.
초가을 어느 날,
문득 찾아온 손님 같은 시의 세계

시를 쓰면서 내 어린 시절의 산과 들을
마음껏 뛰어다니기도 하고
푸른 바닷속에서 물고기들과 어울리기도 했다.
때로는 카타르시스를 느끼며
고뇌와 슬픔이 바람이 되어
들녘으로 날아가는 것을 보기도 했다.

첫 시집《바람에 기대어》를 펴내며
기대와 설렘으로 마음 다독여 봅니다.
그리고 한결같이 지도해 주신
이옥희 선생님께 깊은 감사를 드립니다.

2024년 5월
정수경

차례

제2부 옛 친구들의 협주곡

제3부 추억의 팝송에 젖다

제4부 하얀 꽃잎으로 흩어지다

제1부

잃어버리고 있는 것들

비 오는 날 숲에서

떨어지는 빗방울
고요를 깨우며
숲의 목마름을 축여 준다

안개비 자부룩한 숲속
잎새들 사운대는 순정에
따뜻한 눈길 보내며
내 삶의 웅덩이에 고인 회한
조금은 내려놓는다

사람과 사람 사이
거미줄처럼 얽혀 있는 사연
진실을 왜곡한 그리움 같은 걸까
오늘 하루는 내가 숲이 되어
구겨진 마음 흠뻑 적신다

어머니

폭풍에 휩쓸려 몸을 가눌 수 없고
우물이 있어도 목마름을
채울 수 없습니다

풀벌레 소리마저 사라진 들녘
홀로 힘겹게 걸어가다 쓰러집니다
먹구름은 하늘을 덮어
희망을 가립니다

어둠 속으로
한 줄기 빛이 고개 내밀 때
어머니 환한 미소
한가득 번져 옵니다

그 미소 은빛 날개 되어
아픔의 상처를 포근히
덮어 줍니다
어머니의 온기가 차오릅니다

자매들

따스한 눈빛으로 서로를 감싸 안던
작은 둥지의 자매들
먼 시간 속으로 각자 다른 길을
걷게 되었다

오랜 세월 자신의 보금자리를 세우며
온 힘을 쏟은 여정
그 끝자락에서
애지중지 닦던 보석은 별이 되어 날아가고
빛바랜 소망이 담긴 빈 둥지에
세월의 무게가 하얗게 서려 있다

푸른 기억 속에서 흔드는 손
달리는 바퀴 뒤편으로 점점 멀어지고
세월 따라 변한 색
각자의 가슴에 달아 놓는다

멀리서 보면 곱게 물든 단풍잎처럼
가을바람에 살랑인다

노인

예전의 곱던 피부와 맑은 눈동자는
흐르는 시간에 감겨
한 장의 회색 스케치로 변했다

꽃 피던 계절은 추억 속에서 미소 짓고
지금은 노을 진 언덕에서 바람 소리 듣는다

변함없이 자손들을 위해
삶을 이어가고자 하는 마음
쉼 없이 움직이는
손등의 푸른 혈관이
삶의 끈을 굳건히 붙잡고 있다

바람 속 등잔불처럼
꺼질 듯 흔들리지만
온 힘을 다해
어스름의 오솔길을 밝히고 있다

축복

세월의 흐름 속으로
힘겹게 걸어갑니다

뒤돌아보니
햇살 먹던 어린 시절
꿈을 쫓던 청춘의 날들이
윤슬처럼 반짝입니다

젊은 날의 방황도
자식들을 위한 희생도
삶의 선물이었습니다

얼마 남지 않은 날들
축복의 햇살이
변함없이 비춰 주고 있습니다

사라지지 않는 것

생기 넘치던 젊음과
영원할 것만 같던 사랑
햇살같이 따스하던 눈빛마저
수평선 너머로 사라져 간다

욕심으로 쌓아 올린 탑은
자신의 무게를 견디지 못해 무너진다

사라지지 않는 것은
자연의 신비로움뿐

그 아름다움 따다가
마음속에 켜켜이 쌓아 두고
필요할 때 하나씩 꺼내어
꽃으로 물안개로 날게 하고 싶다

삶을 되돌아보는

옛길 되돌아가서
아득히 펼쳐진 호숫가를 걸으며
호수에 빠질 듯 발버둥치다
급히 현실로 돌아온다

미래를 산책하다가
길 끊어진 숲에 도달해
어둠의 손에 붙잡혀 화들짝
꿈에서 깨어난다

가슴 아픈 과거와도
불안한 미래와도 투명한 벽을 치며
어머니 품 같은 현실의 강물에
몸을 맡긴다

반짝이는 윤슬의 평온함에 젖는다
강변에 만개한 꽃들에 마음을 빼앗기고
푸른 나무 새처럼 지저귄다
저 멀리 펼쳐진 무지개를 향해 노를 젓는다

어머니 생각

달빛 홀로 마당을 지키는 깊은 밤
떠나신 어머니께 쓴 편지
바람에 실어 보낸다

바람길은 편도
돌아오지 않는 회신
회한으로 저며진다

부족했던 어린 마음
달빛 커튼으로 가리고…
어머니의 환한 얼굴 마주하며
한 번 더 그 목소리 보듬고 싶은 소망

기도 쪽지를 문 파랑새
하늘 높이 날아가
전해 주길 바라는 간절한 마음

꿈을 이루기 위하여

꿈을 이루기 위해
지나가야 하는 산길
해가 질 무렵 날카로운 부엉이 눈이
나를 따라왔다
두려움에 얼어붙은 마음
그때 바람이 등을 밀어 주었다
가파른 길을 오를 때
누군가 뒤에서 옷깃을 잡아당겼다
이번엔 마음을 아이젠처럼 굳게 하여
한걸음 한걸음 올라섰다
가시덤불에 스치며 상처투성이가 되었을 때
안개 속의 흰 손이 나를 감싸 주었고
약해진 의지는 나뭇가지로 부목을 대고
계속 나아갔다
드디어 길 끝에 보이는 숲속 통나무집
길을 따라온 희망이 집안의 등불을 켜고
우리는 선반이며 탁자를 정리하면서
묵은 열등감의 먼지를 털어 냈다

잃어버리고 있는 것들

어린 시절
어머니가 광주리에 담아
툇마루에 올려놓은 홍시
햇살과 바람과 함께
동화 속으로 스며들었다

창밖에서 들리는 덜거덕 소리는
우리들의 설레는 기차 여행으로 변하고
감나무 아래 아이들의 재잘거림은
종달새의 노래로 날아올랐다

지금은 냉장고 속 한 귀퉁이에서
빛을 잃어가는 홍시

씨앗이 땅에 묻혀 나무로 자라고
잎이 새로운 숨결을 털어 낼 때
잃어버린 옛날 어머니의 홍시
그 따스함을 다시 만질 수 있을까

촌부

나무 막대 같은 무표정한 남편
둥지에서 뛰어놀던 어린 자식들
그들은 그녀에게 행복의 샘물이었다

고달픈 농촌살이에도
낮달의 미소를 그리며
건반 치듯 이 일 저 일을 하던 그녀

세월이 흘러 아이들은
새 보금자리로 날아가고
남편은 돌아올 수 없는 길을 떠났다

머리엔 하얗게 서리가 내리고
그녀는 뜰 앞 들마루에 앉아
옛 삶을 골라내고 있다

그녀 주위를 맴돌던 자식들
장에 나가 물건을 골라 오던 남편
그들의 추억을 뜨개질하며
삶을 계속 엮어 나가는 그녀
분홍빛 그리움에 물들고 있다

기억을 잃다

어린 나이에 시작한 시집살이
비가 내리면 비에 젖고
꽃잎이 흩날리면 행복해했으며
낙엽이 떨어지면 슬퍼했다

행복도 시간이 지나면
가슴 찌르는 추억이 되는지
그녀는 슬픔과 행복 모든 기억을
풍선에 담아 하늘 높이 띄워 보냈다

지금은 저녁노을 헤치며
그녀만의 안식처로 향하고 있다
뒤에서 누군가 부르는 소리
바람에 가려 들을 수 없다

떨어지는 낙엽 속으로
흔들리며 걸어가는 그녀
홀로 피는 들꽃 되어
노을빛에 젖어들고 있다

상처와 사유

마음의 상처가 점점 커져
울타리를 치며 좁은
방 안으로 숨어 버린다

밖에서 들려오는 거리 소리에
마음의 문을 굳게 닫으며
깊은 상처에 숨을 몰아쉰다

짙은 녹음 아래
차가운 어둠 속에서
빛을 찾는 작은 나무의 고통을 듣는다

오랜 사유는
나뭇잎을 흔들어 햇살 길을 열어 주는
바람을 바라본다
따뜻함이 마음에 차오른다

여정

우주를 바라보면
먼지 한 톨보다 더 작아지는 나
어느 아침
연기처럼 사라질 때
허무라 표현할 수 있을까

내 작은 세포에 숨어 있는
우주의 씨앗들
알 수 없는 무게로 쌓여 있다

안개 낀 숲에서
계속 걸어가는 발걸음은
내 안의 씨앗을 싹틔우며
우주의 꽃으로 피어나는 여정이 아닐까

멀리서 누군가 나를 바라보며
미소 짓고 있는 것 같다

친구들

바람과 햇살 아래
친구들의 주름진 미소가 서로 닮았다

앞서거니 뒤서거니
시샘의 볼이 불룩해질 때도 있었지만
멀리서 불어오는 세찬 바람에
한쪽으로 기울며 의지했던
들국화 같은 우리

만나면 웃고
토라질 땐 실눈을 뜨면서도
서로의 삶에 봄날처럼 환했던 친구들
세월이 깊어지는 나이테 때문인가
점점 닮아 간다

짧아지는 남은 날들
계속 위안이 되고 기쁨이 되어
들국화처럼 미소 지으며
바람에 손짓하고 싶은

제2부

옛 친구들의 협주곡

황홀한 낙하

떨어지는 것은
중량에 따라 속도가 다르고
패이는 깊이도 다른가
꿈속의 낙하는 천 길 벼랑을 굴러도
상처 없는 아픔

내 소녀적
바람 따라 길을 걷다가
들녘 한복판 허수아비 팔에 감겨
호흡을 가다듬던 기억
그날 오랫동안 간직해 오던
의지의 지팡이 하나 잃어버렸다

끈질기게 버텨 온 생명력
크고 작은 모순에 통증을 느끼며
나만의 길을 쫓아 오늘에 서 있는
황홀한 낙하

따뜻한 사랑

젊은 날의 사랑은 자석 같은 것
서로를 강하게 끌어당기지만
불길에 데이듯 가까워질수록
아픔은 깊어진다

범퍼카처럼 충돌하고 밀어내기를
반복하다가 시간이 흐르며 점차
자석의 힘을 잃는다

이제는 평행선처럼 흘러가는 사랑
서로의 등을 다독이며
각자의 꿈을 향해 나아간다
따뜻한 사랑이다

매미 울음소리

8월의 태양이 정수리를 달구고
매미들의 절창은
온 공간을 채색하면서
아득한 기억을 떠올린다

자식을 향한 따뜻했던 눈빛
집 안을 환하게 밝히던 아버지의 미소가
예고 없이 멈춰 버린 그 여름
허공은 매미 울음으로 가득 채워졌다

늦여름까지 남아 있던
한 마리 매미의 긴 울음은
아버지의 영혼을 위로하려는 듯
슬픔을 뚫고 온 집안에 울려 퍼졌다

여름이 가도 아버지 사랑의 흔적은
집안 곳곳에 남아 있었다

폭풍우

마음속 쌓인 응어리가
폭풍우로 변해 숨 쉴 틈 없이 질주했다

밤새도록 검은 바위에 부딪혀 멍들어도
지치지 않고 돌진하며
변하지 않는 숙명을 오랫동안 뒤흔들었다

산은 민낯을 드러내고
나뭇가지 꺾여 흩어졌으며
황톳빛 강은 소중한 것을 앗아갔다

조용함이 밝아오는 새벽녘
깨진 항아리에서 흘러내리는
상처와 후회
그냥 참았어야 했을까

따스한 햇살만이 폭풍이 지나간 자리를
부드럽게 보듬는다

운명

갈매기는 붉은 열매가 가득한
동산을 뒤로 한 채
인어의 노래에 이끌려
검푸른 바다 소용돌이로 날아간다

먼바다로 떠난 연어는
광활한 바다의 자유를 누리다
죽음이 도사린 강을 거슬러
고향으로 돌아온다

우리 삶에 무겁게 드리운 슬픔의 그림자
누구든 인생에 한두 번은
우물을 채울 만큼 큰 눈물을 흘리니
그 눈물 받아 낼 그릇 하나쯤
가슴 한켠에 놓아 두어야겠다

지금은 겨울이다

보드라운 바람에
흰 구름으로 흘러 다니는 봄을 보내고
영롱한 눈빛 계곡물에
두 손을 부셔 내는 여름도 지나가고
떨어지는 낙엽 보며
그리움을 노래하는 가을도 가고
차가운 강바닥에 마음이 얼어붙어
우리 사이의 간격을 좁힐 수 없는
겨울이 왔다
이별보단 봄을 기다리기로 했다
겨울을 보고 놀라지 않기로 한다

마음속의 별

칠흑 같은 어둠 속에서
무거운 구둣발 아래 스러져 간 새싹들
총칼에 날개 잃어 땅에 떨어진 새들

분노한 가슴엔 피가 끓었고
불끈 쥔 주먹은 바위가 되었습니다
새싹들을 지키기 위하여
나라를 위하여
온몸으로 총과 칼을 받아 냈습니다

님의 생이 꺾여져 바람에 흩날리던 날
하늘과 땅은 숨을 죽였습니다
어머니는 정한수 떠놓고
하늘에 마음을 바치셨습니다

그날 님의 별이 떨어졌지만
혼자 가지 않았습니다
우리 모두 그 별을 받아
마음에 품었습니다

그 별은 계속 반짝이고
님의 사랑으로
우리는 지금 저 산 너머
동트는 희망을
마주하고 있습니다

봄의 아침

따뜻한 햇살이
봄의 인기척을 보낸다

개나리 꽃망울로 성화를 올리니
어둠 속에 잠들었던 새싹들이
여린 눈을 뜨며 고개 내민다

얼어붙었던 계곡물도
잠에서 깨어난 풀벌레도
봄을 찾아 발걸음을 서두른다

숨겨져 있던 아이들 웃음소리
겨우내 몸져누웠던 노인의 눈빛
절망을 이겨 낸 연두빛 가지에 놓여 있다

봄은 생명의 손짓으로 다가왔다

조화(造花)

신을 닮은 인간이 만든 꽃
상상의 꽃향기를 피운다

꽃병에 꽂은 한 묶음의 조화는
늦가을 들녘처럼 텅 빈 거실의
쓸쓸함을 지운다

향기를 머금은 맑은 공기는
폐부 깊숙이 스며들어
외로움의 얇은 얼음막을 깨뜨린다

아침에 눈 뜨면 보이는 두 갈래 길
갱년기의 공허한 길과
조화의 꽃길이 놓여 있다

슬픔을 피해 서둘러
조화의 꽃길로 들어서며
꽃 향기에 젖어든다

여행

영혼의 불을 밝히려고 떠난다
낯선 도시에서
첫사랑 같은 신비한 모습에 흠뻑 빠져
잠시 나를 잊는다

호기심을 불태우는 새끼 범처럼
숲을 찾아 헤매며
눈앞에 펼쳐진 대자연의 걸작 앞에서
옷깃을 여민다

깊은 숲 향기와 계곡 물소리로
상처받은 영혼은 조금씩 치유되고
혼란스러웠던 마음은
평온을 찾는다

예배당 앞마당에서

산기슭에 자리 잡은 작은 교회
몇몇 무덤과 서로를 의지하고 있다
바람은 잠든 나뭇잎을 흔들어 깨운다

한적함 속에서 삶의 번뇌가
예배당의 첨탑을 따라 흙 속으로 사라진다
평온해진 마음은 어린 날 개구쟁이들의
웃음소리를 불러내고…
저녁 먹으라는 어머니의 목소리가
가슴을 파고든다

흙마당 위에 고향의 햇살이 누워 있다
세월의 그림자를 드리운 한 그루 나무도
옛날의 정취를 피워 놓는다

각박한 삶 지친 마음을
어머니 품에 내려놓는다

옛 친구들의 협주곡

사유의 깊이로 시를 쓰고
마음의 음표로 노래를 부르며
자연과의 교감으로 그림을 그리는
우리의 둘레

깊은 호수에서 자신에게 가장 잘 맞는
소명의 신발을 찾아내어 친구들은
그 신발을 신고 가볍게
세상의 구석구석을 뛰어다녔다

어떤 친구는 숲을 나무로 가득 채웠고
어떤 친구는 영혼을 춤추게 했으며
어두운 들녘을 환히 밝힌 친구도 있었다

모두 함께 손을 잡으니
협주곡이 힘차게 온 마을에
울려 퍼진다

만남

그를 만나기 전까지 나는
마음이 비어 있는 하얀 도화지였다

그를 만나면서부터
새들은 노래를 부르기 시작하고
우물은 맑은 샘물을 뿜어내고
정원은 생명으로 가득 찼다

어느 날 갑자기 폭풍이 몰아치고
번개는 푸른 공포를 떨어뜨렸다
작은 새는 비에 젖은 채
허무를 낳았다

세월이 흐르며
인생의 여백은 점점 줄어들고
행복과 불행이 점철된 삶이 완성되었다
한 작품이 탄생된 듯
마음에 울림이 생겼다

다시 시작하기

도란도란 서로 속삭이며
풀을 뽑던 날

질투에 눈먼 마녀의 저주로
해일이 밀려와
우리 사랑과 신뢰를 휩쓸어 갔다
배신의 절망은 한동안
차가운 시멘트 바닥에 뒹굴었다
함께할 수 없는 마음 스치는 바람에도
흩어지고 있었다

봄이 오고
흩날리는 꽃잎이
마음의 상처에 향기를 피웠다
아지랑이도 하얀 물감으로
아픈 기억에 덧칠을 했다

바다는 다시 평화로워지고
햇살은 꿈을 실어 날랐다
그렇게 우리는 다시 시작했다

나비들

방 안을 가득 메운 나비들
크고 작은 진하고 흐린
다양한 색깔로 날고 있다

노란 나비 한 마리가 손짓하면
나비를 따라 햇살 가득한
정원으로 달려 나간다
꽃과 나비와 어울려 달콤한 샘물을 마신다

검은 나비가 머리 위에 내려앉으면
마치 동굴에 갇힌 듯
어둠 속에 휩싸인다
숨을 쉴 수 없어 한 걸음도 뗄 수가 없다

마음이 점점 무거워져
검은 나비들을 내보내려고
창문을 활짝 여니
노란 나비도 소중한 기억도
함께 날아가 버린다

제3부

추억의 팝송에 젖다

세월의 지혜

슬픔과 아픔, 미움까지도
세월의 파도에 실어 보냈더니

슬픔은 꽃이 되어
그늘진 뜨락에 생기를 불어넣고

아픔은 바람이 되어
숲속 상처를 어루만져 다독인다

미움은 노래하는 새가 되어
적막한 둘레 깨우고 있네

동심

어린 시절
분홍색 유리 목걸이와
양단 조각들이
아라비안 공주님의 진주 목걸이와
비단 드레스로 변했다

아이들은 그 드레스를 입고
푸른 생각이 잠든 세상을
마음껏 돌아다녔다

눈이 내리는 날이면 루돌프와 함께
꿈을 가득 실은 썰매를 몰았다

키가 줄어드는 지금
마음까지 작아진다
동심의 그날이 그리워서일까

홀로서기

먼 길을 걸어왔나 보다
뒤돌아보고 싶지 않지만
지난날이 눈앞에 펼쳐진다

안개 속에서 보일 듯 사라지는 환영
평생을 울타리처럼 가족을 보호하다
떠나신 부모님
성장하면서 내 눈길에서
멀어져 가는 자식들
의지하던 남편의 어깨도
세월의 무게로 작아지고 있다

서서히 홀로서기를 시작해 본다
끌어 주는 손이 없어 기우뚱거리지만
세월의 힘을 지팡이 삼는다

시련

지난밤 거센 비바람에
뿌리가 뽑히는 듯 신음하던
여린 풀잎들

새벽 맑은 햇살에
힘차게 다리를 뻗고
하늘 향해 거침없이 기지개를 켠다

용수철처럼, 웅크리지 않으면
튀어 오를 수 없듯

풀잎은 비바람의 시련으로
하늘을 날아가는 새들의
희망을 품고 있다

남기는 마음

우리에게는 항상
남겨야 할 것들이 있다

감나무를 마지막까지 장식하는 까치밥이나
생명을 담은 작은 씨앗과 같은 것들

남겨 놓는다는 것은
마음속에 꽃을 피우는 일이고
삶을 가꾸어 나가는 지혜이며
미래 세대와의 대화를 이어가는 연결 고리다

남겨 놓고 가는 뒷모습은
석양을 지고 밭을 가는 농부의
풍요로운 기쁨이다

가을밤

바람에 쫓기는 마른 잎새들이
시린 손끝으로 창문을 두드립니다

창 안을 기웃거리던 달빛이
방 안의 기물을 점검하다가
갑자기 내 품에 안깁니다

오랫동안 웅크린 마음 귀퉁이에서
새소리 물소리 잎새의 소근거림이
소리의 성을 이룹니다

가을밤에는
온갖 형상들이 나타났다가
황망히 사라지곤 합니다

길 위에서

부와 명예의 신기루를 쫓던 나날들
주머니 속 젊음은
길 위에 흩어져 사라지고
어머니와 나눴던 꿈 같던 시절은
먼 산 너머로 날아갔다
더 이상 행복할 수 없을 것 같은 절망
늪으로 한없이 빠져들었다
그러나 어딘가에서
시원한 바람이 불어와 땀을 닦아 주고
산 위의 새소리 마음을 밝히며
즐거움이 코끝을 간질였다
놀라움으로 커진 눈동자에
라일락 향기가
내리쬐는 햇살 속에서
생명력을 불어넣듯 꿈틀댔다

조화와 야생화

영원을 꿈꾸는 조화
시들지 않지만 눈물이 없어
슬픔을 모르는 그를 보면
나도 사막에서 말라 버린 나뭇잎이 된다

딱딱한 땅에 서 있는 야생화
햇살 아래 눈부시게 웃고
비 내릴 땐 생각에 잠기며
꽃잎이 지면 아픔에 눈물짓는다

짧지만 바람 속에서 춤을 추다
홀연히 사라지는 야생화의 슬픔
내 마음속에서 깊고 진한 그림자로
오랫동안 머문다

추억의 팝송에 젖다

마른 꽃잎 사이로 캐롤 키드* 의
'When I Dream'이 스며든다

젊은 열정이
메마른 영혼으로 이어지는 길목에서
보슬비에 젖는다

싱그러운 초록 잎의 거침없던 몸짓들
하늘을 날아오르던 푸른 새들
앞뜰 벚나무에 날아와 푸드덕거린다

멀리 온 것 같지 않은데
돌아보니 아득한 청춘이다

* 캐롤 키드(Carol Kidd) : 스코틀랜드 재즈 가수

천리포 수목원에서

구름에 가려진 하늘이
햇살 너머로 고개 내민다

바다가 내뿜은 입김에
나무가 싱그럽다

꽃들은 보는 이들을 물들이고
바람은 한 폭의 수채화에
방점을 찍는다

노을빛에 온몸 적신 천리포
긴 팔 벌려 세상의 아픔을 보듬는다

나무에도 새들의 눈동자에도
내 가슴에도
천리포의 따뜻한 향
붉게 번져 가고 있다

바닷가 집

바닷가에 자리 잡은 오래된 집
거친 파도가 문을 두드리고
세찬 바람이 할퀴며 지나갔다

외딴곳에 홀로 서 있는 그 집은
어둠 속에서 외로움과 두려움을 옷처럼 입고
촉각을 곤두세우며 밤을 지새우곤 했다

의지할 곳 하나 없는 그 집
세월이 흐르며 조금씩 마모되고
벽 틈이 넓어져 바다를 받아들였다

이제 파도가 밀려올 때면
미처 다하지 못한 이야기를 속삭이고
돌아가면 아침 햇살에게
바다와 보낸 즐거운 시간을 전한다

찻집에 앉아

수평선이 보이는 창가에 앉다
커피 향에 멈춘 발길
낯선 눈인사 건네고
수심 깊은 바다 냄새 다탁에 올린다

온갖 풍상 다 겪은 바다
사소한 일상과 견주면서
엇갈린 기억 몇 개 바로잡는다

홀로 떠 있는 바위섬
멍울진 바다의 아픔인 듯
새들의 둥지로 외롭다

잠시 헝클어졌던 마음
해풍에 실어 보내고
한나절 평온을 안고 일어선다

별밤에

밝게 빛나는 별이
어둠을 밀어낸다
빛은 마음속으로 스며들어
맑은 물소리 낸다

달무리 진 밤의 고요
바람이 쓸고 지나갈 때
들녘은 어린 풀의
이슬 삼키는 소리로 가득하다

풀잎 사이를 누비는 풀벌레 울음
별빛 걸친 그날 밤
친구와 속삭이던
옛 추억을 흩뿌린다

태항산*

웅장하게 솟은 태항산
포부는 태산을 누르고
위용은 하늘을 찌른다

산 중턱의 좁은 길 잔도
수많은 사람들 혼신의 힘으로
한 단계 한 단계 영글어져
세상을 호령한다

산 아래로는 인간의 욕망이
폭포처럼 쏟아져 내리고
산 위로는 우주의 신비가
끝없이 펼쳐진다

잔도 위에 서서
하늘과 구름을 작은 가슴에 담은 채
나는 신선인 양 풍경으로 서 있다

* 태항산(太行山) : 중국 산서성과 하남성 경계에 있는 산

초가을 오후

짙푸른 파도와 태양의 뜨거움을
수정같이 빛나고 샘물처럼 맑은
초가을이 밀고 들어왔다

짓눌린 마음을 가볍게 틀어 올린
하늘의 솜털 구름
바람에 아파하는 잎새들의 흔들림
황금빛을 향해 도움닫기 하는
그득한 들판

그 종종걸음 속에서
한 송이 코스모스처럼
내리쬐는 햇살에 온 힘을 다해
보랏빛을 뿌리고
바람에 마음껏 휘청거리고 싶은
초가을 오후

제4부

하얀 꽃잎으로 흩어지다

비상

마음이 좁아져
아무것도 담지 못할 때
어두운 굴 속으로 몸을 숨긴다

한 줄기 빛을 향한 갈망 속에
수천만 번의 몸부림
어둠에 묻힌 긴 시간 속에서
깨달음의 작은 빛 한 줄기 찾아내어
손에 꼭 쥐고 엮고 또 엮는다
긴 초삭이 된 빛
어두운 굴을 빠져나간다

훤히 트인 지평선
그 앞에 펼쳐지는 비상

성장 일기

어머니는 온실에서 사랑의 물과
칭찬의 햇살로 나를 키우셨다
받은 사랑은 다소곳한 얼굴과 환한 미소로
사람들 마음속으로 스며들었다

온실 밖 성장의 길목은 거칠고 비좁았다
햇볕에 그을리기도 하고 비바람에
팔이 꺾여지는 고통도 있었다
강한 햇살과의 눈맞춤은
온몸을 떨게도 했다
모진 시간을 견디니
살과 뼈가 단단해졌다

이제는 어떤 폭풍이 몰아쳐도
흔들리지 않는 나무가 되었다
인생의 땅을 튼튼히 밟으며
주인으로서의 길을 걷는다

좌절을 발판 삼아

행복한 날은 귀한 진주처럼 드물고
시련 가득한 날은 잡초처럼 널려 있다

그러나 힘든 날 웅크린 어깨에도
격려의 손길이 내려온다
실패와 이별 그리고 배신마저도
우리를 더 높이 올라가게 하는
발판이 된다

좌절과 분노는
평지 길을 하염없이 돌아가는 대신
가파른 산길을 한달음에 올라가게 만든다

산 정상에서는
별을 손에 쥐어 볼 수도 있다

고속도로와 샛길

부와 권력을 향한 욕망의 자동차들이
고속도로를 질주한다
아스팔트는 그 무게에 눌려
뜨거운 열기를 내뿜는다

사람들은 가속 페달을 밟아
앞차를 쫓으며 뒤차를 밀어낸다
미소를 잃어버린 얼굴엔
핏발이 서려 있다

숨이 가빠올 때쯤 작은 샛길로
들어서며 심호흡한다
성공의 구호는 어딘가에 떨어뜨리고
창밖의 푸른 풍경에 마음을 빼앗긴다

욕망의 질주에서 벗어나
진정한 행복을 숨쉰다

깊게 내린 뿌리

버티고 있는 바위를 밀어내고
산문을 만들어
지나가야 하는 삶이다

그러나 바람에 구르는 나뭇잎처럼
불길에 타는 마른 볏짚처럼
허물어지는 의지

하늘을 담아 중심을 다잡고
유유한 강물의 지혜를 흐르게
할 수 있다면

손가락 마디만큼 짧은 삶일지라도
지나가는 바람이 아니기를 바라며
깊게 내린 생각의 뿌리에서
생명의 의미를 끌어올리고 싶다

사막에서

눈을 뜰 수 없는 모래바람 속에
서 있는 한 구도자
쉬운 길을 버린 남루한 외투가
그의 집념을 가리고 있다

거센 모래바람 맞으며
머리와 가슴의 통증을 씻어 내리고
모래 산을 옮기는 자연의 힘으로
곰팡이처럼 피어 있는 절망을 걷어낸다

저 멀리 바람 언덕의 모래 산
수많은 사람의 고뇌와 아픔을
쓸어가 품고 있는가
이는 보이지 않는
자연의 선량한 의지인가

하얀 꽃잎으로 흩어지다

곱게 키워 손을 놓은 날
들끓는 젊음의 향기를 찾아
날아든 우리 아이들

마음속 눌러 놓았던 환희 꺼내 놓으며
손을 맞잡고 눈길을 부딪치며
마음을 뭉친 그날

젊음을 질투한 검은 마녀가 쳐놓은
거미줄에 걸려 빠져나오지 못한 채
하나둘 하얀 꽃잎으로 흩어졌다

보는 이의 마음은 붉은 철물로 녹아내리고
부모님의 절규는 번개 맞아 부서지는
나무의 외마디 비명으로 얼어붙었다

잠시라도 눈길을 끊을 수 없었던 딸들
맨발로 뛰어나가 품에 넣었던 아들들
그 자태 그대로 고운 날개로
하늘나라 꽃밭 마음껏 날아다녀라

먼 훗날 다음 생에 다시 만날 때
부모님 품안에서 못다 한 인연
눈이 시리도록 아름답게 수놓아 보거라

새해를 맞으며

바다 위에서 즉위식을 올리듯
기품을 내뿜는 해
수많은 사람들의 소망을 담고 있다

지난해 저마다의 갈증은
계곡을 타고 내려오는 물살에 조금씩 씻기고
방향을 잃고 헐떡이던 내 발자국도
이제는 어렴풋한 형체를 띠었다

내가 한 일은
작은 밭에 씨앗을 조금 뿌린 것
뿌리를 내리고 가지를 뻗은 것은
침묵 속 보이지 않는 손길이었다

아직 어디로 걸음을 내디뎌야 할지
모래바람에 앞을 볼 수 없지만
내가 꿈꾸는 것은 한 폭의 풍경화에
향기를 더하고
바람 속 떨어지는 낙엽에서도
생명을 찾아내는 일이다

햇빛에 마음을 비추며
두 손을 모은다

동화를 잃다

마을 뒤 긴 황톳길 끝에
날개처럼 솟아 있던 산

어린 시절 그 산의 날개 아래에서
난쟁이들과 도깨비들이 공을 굴리고
방망이를 휘두르며 살고 있었다
가끔 산속의 후드득 소리는
상상의 날개를 더했다

어른이 되어 찾아간 옛 산
나무만 서서 눈을 흘깃거릴 뿐
동화 속 얘기를 찾을 수 없었다
꿈을 잃은 노인의 앙상한 마음만
웅크리고 있었다

동화가 사라진 산은
내 빈 가슴의 마른 가지로
얼기설기 얽혔다

가을

가을은 사랑의 계절이지요
향기로운 꽃이
상처받은 마음 달래면서
사랑을 피우게 합니다

가을은 겸손의 시간입니다
다가올 겨울을 생각하며
점점 더 깊어지는 그림자 속에서
단풍잎으로 살며시 땅을 덮어 놓습니다

가을은 높은 하늘 가득
꿈 실은 배를
띄우고 저어가는
환희의 계절이기도 합니다

겨울 이야기

새들은 어디론가 숨어 버리고
나무들은 땅속으로 피신하며
금빛 들판은 고향의 품으로 돌아갔다

동장군은 마법의 힘으로
세상을 얼음의 왕국으로 변화시킨다
하늘과 땅은 쩍쩍 갈라지고
칼날 같은 바람은 그 틈새를 할퀸다

그러나 흰 눈이 내려와
작은 마을을 포근히 감싸 안는다
천사 같은 아기는 어미 품에서 꿈을 꾸고
아이들은 화롯불에 둘러앉아
군밤 튀는 소리에 즐거워한다

겨울이 깊어질수록 어머니의 품은
더욱 따뜻해지고 군밤 향기는 진하게
문밖으로 퍼져 나간다

가을이 끝나갈 때

붉게 출렁이던 세상이
서서히 사라지면서
평온한 일상으로 돌아왔다

남아 있는 마른 잎 몇 장은
참새의 작은 날갯짓처럼 흔들리고
나뭇가지 끝에 앉은 붉은 열매는
한없이 고요한 세상을 바라본다

밀려오는 차가운 공기가
나무와 날아가는 새들
저 멀리 웅장한 산까지 흠뻑 적시니
와인을 마신 후의 흔들림을
맑은 샘물로 씻어 내는 듯하다

투명한 호수 같은 늦가을
겨울의 문턱에서
호흡을 가다듬는다

들녘에서

꽃은 향기 짙은 미소로
오두막의 고요를 깨우고

바람과 햇살은 밀고 당기며
들녘의 축제를 준비한다

나무는 떠가는 구름을 따라
새들에게 길을 열어 주며

우리는 말없이 지나가는 바람의
속삭임에 귀를 기울인다

서로가 주고받는 따뜻한 눈빛
들녘은 한 폭의 수채화다

작품

바람 햇볕 꽃과 나무
다양한 재료를 조화롭게 혼합해
새로운 별을 창조합니다

그 별은 생명의 숨결을 머금고
나비처럼 날아올라
사랑과 슬픔의 꽃에 번갈아 앉습니다

설렘 가득한 마음으로
보이지 않는 눈으로
향기를 따라가며
감동의 깊은 샘을 찾아갑니다

작품은 마음속 깊은 곳에 숨어 있는
닿을 수 없는 별무리
그러나 눈부신 환희 속에서
오묘한 색깔로 피어오르는
영혼의 만남을 약속합니다

연주

슬픔과 좌절 기쁨과 희망으로
음악의 선율을 그려
바람에 실어 보냅니다

날아가는 선율은 두 마리 학이
날갯짓하는 듯
서로에게 다가가고 멀어지며
동행을 시작합니다

갑작스런 비바람의 혼돈 속에서
잠시 비틀거리지만
밝아오는 햇살 속으로
수많은 음표 조각으로 사라집니다

연주가 끝나면
연주자의 영혼은 휘청이며 돌아오고
관객은 하나 되어
촉촉해진 감동을 꼭 거머쥡니다

다양한 색깔의 언어로
풀어낸 자아성찰

《바람에 기대어》첫 시집 출간을 축하하며

시인 李玉熙

❀ ❀ ❀

시는 시인의 주관적 관점에서 심상을 표출하는 것이다. 정수경 시인의 시 속에는 음과 양의 색깔이 선명하다. 사물에 대한 유형무형의 상상과 사유의 옷을 입혀 시인 자신을 투영시키려는 노력, 현실적 공존에서 오는 상실감과 모순의 불합리를 시 속에서 감지할 수 있다. 사물과 자연, 존재에 대한 심적 현상을 각기 다른 방향으로 읊조리고 있다.

떨어지는 빗방울
고요를 깨우며
숲의 목마름을 축여 준다
안개비 자부룩한 숲속
잎새들 사운대는 순정에
따뜻한 눈길 보내며
내 삶의 웅덩이에 고인 회한
조금은 내려놓는다

사람과 사람 사이
거미줄처럼 얽혀 있는 사연

진실을 왜곡한 그리움 같은 걸까
오늘 하루는 내가 숲이 되어
구겨진 마음 흠뻑 적신다
〈비 오는 날 숲에서〉 전문

　자연과의 교감, 숲과 비 안개 사이에서 살아온 기억
을 되새김하는 안타까움, 사람과 사람 사이에 얽혀 있
는 진실과 거짓, 그 속에서 찾으려는 그리움 같은 따뜻
한 정, 그러나 현실과 동떨어진 혼자만의 손짓이기에
차라리 말 못하는 숲이 되어 비에 젖고 싶다는 간절함,
미움도 그리움도 비 오는 숲속에 묻어 버리고 싶은 심
정을 얘기하고 있다.

　시는 어디까지나 상상과 사유의 깊이 안에서 실존적
해설을 할 수밖에 없는 것일까. 정수경 시인의 시 속에
는 미어(美語)들로 가득하다.

　떨어지는 것은
　중량에 따라 속도가 다르고
　패이는 깊이도 다른가
　꿈속의 낙하는 천 길 벼랑을 굴러도
　상처 없는 아픔

내 소녀적
바람 따라 길을 걷다가
들녘 한복판 허수아비 팔에 감겨
호흡을 가다듬던 기억
그날 오랫동안 간직해 오던
의지의 지팡이 하나 잃어버렸다

끈질기게 버텨 온 생명력
크고 작은 모순에 통증을 느끼며
나만의 길을 쫓아 오늘에 서 있는
황홀한 낙하

〈황홀한 낙하〉 전문

황홀하게 떨어지는 것은 어쩌면 붉게 불타는 단풍잎을 연상할 수 있겠으나, 시 속의 황홀한 낙하는 그 의미가 조금 다르다. 떨어지는 것은 깨어지면서 아픔과 슬픔으로 상처가 동반되는 것인데, 시 속의 낙하는 황홀하다는 언어로 고통을 감추려는 지혜가 담겨 있다.

굴곡진 삶을 끈질긴 생명력으로 다독이면서 부재와 존재 사이에서 미숙한 성장을 영혼과의 대화로 버텨 온 실존적 아픔, 상상과 사유로 승화시킨 성숙함이 내면적

의식 속에 깔려 있어 아름답다 하겠다. 시라는 속성에서 볼 때 시는 어디까지나 시인 자신의 모습이기 때문이다.

슬픔과 아픔, 미움까지도
세월의 파도에 실어 보냈더니

슬픔은 꽃이 되어
그늘진 뜨락에 생기를 불어넣고

아픔은 바람이 되어
숲속 상처를 어루만져 다독인다

미움은 노래하는 새가 되어
적막한 둘레 깨우고 있네

〈세월의 지혜〉 전문

미처 몰랐던 사물과의 대화, 살면서 터득한 삶의 지혜로움, 희비의 순간을 스스로 다스릴 수 있는 성숙한 내면 표출, 시라는 존재가 얼마나 무정하고 또 얼마나 그리움의 대상인가. 시인의 자아를 넘어선 진정성과 진실성을 가슴으로 위로한 노래이다. 그리하여 시라는 의미는 적막한 그리움의 대상이 아닐 수 없다.

　마음이 좁아져
　아무것도 담지 못할 때
　어두운 굴 속으로 몸을 숨긴다

　한 줄기 빛을 향한 갈망 속에
　수천만 번의 몸부림
　어둠에 묻힌 긴 시간 속에서
　깨달음의 작은 빛 한 줄기 찾아내어
　손에 꼭 쥐고 엮고 또 엮는다
　긴 초삭이 된 빛
　어두운 굴을 빠져나간다

　훤히 트인 지평선
　그 앞에 펼쳐지는 비상

〈비상〉 전문

　어둠 속에서 삶의 지혜를 찾아 힘겹게 노력하는 현실
과의 타협, 자신의 영역 안에서의 성공이 곧 비상인 것
이 함축성 있게 제자리를 지키고 있다.

시인의 삶은 순수지향적인 것인가, 시 속에서 시인의 얼굴을 보고 시인의 가슴을 읽을 수 있는 게 과연 현명한 것일까. 정수경 시인의 가슴 깊은 사유를 감상하면서 일상적 언어들로 구성된 시구마다 친밀감을 느낄 수 있어 고마웠다. 분노하지도 다정하지도 않은 일상적 표현으로 공감을 주는 몇 구절에서 시 전체를 감동하게 하기도 한다.

모쪼록 햇빛 찬란한 봄날의 숲길이기를 바라면서, 첫 시집 출간을 축하합니다.

바람에 기대어